GOSCINNY AND UDERZO
PRESENT
ANE ASTERIX ADVENTURE

ASTERIX AND THE MUCKLE RAMMY

SCRIEVIT BY **RENÉ GOSCINNY** ILLUSTRATIT BY **ALBERT UDERZO**

TRANSLATIT BY
MATTHEW FITT

DALENSCOT

Asterix®

in the Celtic countries

Scots
Asterix the Gallus
Asterix and the Gowden Heuk
Asterix the Bonnie Fechter
Asterix and Cleopatrae
Asterix and the Muckle Rammy
Asterix and the Sassenachs
Asterix and the Olympic Gemmes
Asterix the Roman Sodger
Asterix and Caesar's Laurel Bunnet
Asterix and the Pechts

Gaelic
Asterix agus an Corran Òir
Asterix an Gladaidheatair
Asterix agus Cleopatra
Asterix agus Trod nan Treubh
Asterix agus na Sasannaich
Asterix aig na Geamannan Oilimpigeach
Asterix an Saighdear Ròmanach
Asterix agus an Cealgaire
Asterix agus Crùn Cheusair
Asterix agus am Fiosaiche
Asterix ann an Dùthaich nan Cruithneach

Irish
Asterix na nGallach
Asterix agus an Corrán Óir
Asterix agus Draoi na Bliana
Asterix Gliaire
Asterix agus Cléópátra
Asterix agus Troid na dTreabh
Asterix i dTír na Sasanach
Asterix agus Creachadóirí Chríoch Lochlann
Asterix ar Pháirc an Chatha
Asterix ag na Cluichí Oilimpeacha
Asterix san Easpáinn
Asterix agus an Pota Pinginí
Asterix agus an Mac Mioscaise
Asterix i gCoill na Cinsealachta
Asterix agus Coróin Labhrais Chaesair
Asterix agus an Fear Feasa
Asterix agus a Mhac

Welsh
Asterix y Galiad
Asterix a'r Cryman Aur
Asterix a Helynt yr Archdderwydd
Asterix y Gladiator
Asterix a Cleopatra
Asterix a'r Cur Pen
Asterix a Gorchest Prydain
Asterix Milwr Cesar
Asterix a Tharian y Llyw Olaf
Asterix yn y Gemau Olympaidd
Asterix a'r Pair Pres
Asterix a'r Snichyn
Rhandir y Duwiau
Asterix a Choron Cesar
Asterix a'r Argoel Fawr
Asterix a'r Pwt Bach Twt
Asterix a Gwŷr y Gogledd

DALENSCOT
dalen.scot

Asterix and the Muckle Rammy
Originally publisht as *Le Combat des chefs*

Publisht in 2021 by Dalen Scot, 49/50 Bayhead, Stornoway, Na h-Eileanan an Iar HS1 2DZ
Dalen Scot is an imprent o Dalen (Llyfrau) Cyf, Tresaith, Ceredigion SA43 2JH, Wales
Reprentit 2023

ISBN 978-1-913573-26-3
Translatit by Matthew Fitt
Letterin by Lannig Treseizh

Prentit by Severn Press, Gloucester

FSC www.fsc.org MIXTUR Paper fae responsal soorces FSC® C021195

THE YEAR IS 50 B.C. THE HAILL O GAUL IS OCCUPIED BY THE ROMANS… THE HAILL O GAUL? NAE WEY! YIN WEE CLACHAN O UNDINGABLE GAULS AYE HAUDS OOT AGIN THE INVADERS. AND LIFE IS NAE PAIRTY FOR THE ROMAN LEGIONARIES THAT GAIRRISON THE FORTIFIED CAMPS AT BENEDETTIUM, CAPALDIUM, VETTESIUM AND PAOLOZZIUM…

ASTERIX, THE HERO O THIR ADVENTURES. A SHAIRP-WITTED GALLUS WEE FECHTER. THE MAIST DANGEROUS MISSIONS ARE AYE GIEN TAE HIM. ASTERIX GETS HIS SUPERHUMAN SMEDDUM FAE THE MAGIC POTION WROCHT BY THE WARLOCK KENSAWTHETRIX …

OBELIX IS ASTERIX'S BEST FREEND. DELIVERIN MENHIRS IS HIS JOAB BUT HUNTIN WILD BOAR IS HIS HOABBY. OBELIX IS AYE READY TAE LEA IT AW AND GANG AFF ON A NEW ADVENTURE WI ASTERIX – AS LANG AS THERE'S HUNNERS O SCRAN AND FECHTIN. HIS DUG, GIEITBIGLIX, IS THE WARLD'S AINLY DUG ECOLOGIST AND GREETS WHENEVER A TREE IS CUT DOON.

KENSAWTHETRIX, THE KENSPECKLE CLACHAN WARLOCK, GAITHERS MISTLETAE AND REDDS UP MAGIC POTIONS. HIS SPECIALITY IS THE SWALLAE THAT GIES THE SWALLAE-ER SUPERHUMAN STRENGTH. BUT KENSAWTHETRIX KENS PLENTY MAIR TRICKS …

MAGONAGLIX, THE BARD. OPEENION ANENT HIS MUSICAL SKEELS IS DIVIDIT: MAGONAGLIX THINKS O HIMSEL AS A GENIUS; AWBODY ELSE THINKS HE IS MINCE. BUT AS LANG AS HE DOESNAE OPEN HIS MOOTH TAE SING OR SPEAK, HE'S AWBODY'S FREEND …

AND SYNE THERE'S HEIDBUMMERIX, CHIEF O THE CLAN, MAJESTIC, BRAW AND CRABBIT. THE AULD FECHTER IS RESPECTED BY HIS MEN AND FEART BY HIS ENEMIES. HEIDBUMMERIX HIMSEL HAS AINLY YIN FEAR. HE IS FEART THAT THE LIFT MICHT FAW ON HIS HEID THE MORRA. BUT AS HE AYE SAYS, THE MORRA NEVER COMES.

AT THE TIME O THE ROMAN OCCUPATION, THERE WIS TWA KINDS O GAULS...
?
FIRST AFF, THERE WIS THAIM THAT ACCEPTIT THE PAX ROMANA AND DID AW THEY COULD TAE SOOK IN WI THE MICHTY CIVILISATION O THE INVADERS...
WHIT'S AW THIS PILLARS IN FRONT O YER HOOSE FOR?
FOR TAE MAK IT GALLO-ROMAN.
MAIR LIKE GALLOW-GATE...
YE'RE TALKIN GALSH!
THAT YIN'S AYEWIS BEEN A BIT GALLUS!
1A
AND THEN THERE WIS THAE ITHER GAULS, UNDINGABLE, FEART AT NOTHIN, BRAW, THRAWN, ROCH, AYE UP FOR A RAMMY AND A CAIRRY-ON, THE BEST ANES WERE FAE A WEE CLAN THAT WE AWREADY KEN WEEL...
HAW! HERE'S ASTERIX AND OBELIX BACK FAE THE HUNT!
WEEL, BOAYS, ONY NEWS?
NAW. WE BAITH CAUCHT A WILD BOAR.
BUT I HAD GIEITBIGLIX HELPIN ME! HE'S A BRAW HUNTIN DUG!
OH AYE, I NEAR FORGOT. WE RAN INTAE A ROMAN PATROL.
THAE ROMANS ARE GLAIKIT!
1B

AT THAT VERRA MEENIT, IN THE FORTIFIED CAMP O BENEDETTIUM...
THAT'S... THAT'S THE PATROL BACK THE NOO, O JAMMIEPIECUS, MA CENTURION.
BY JUPITER!!! WHIT HAPPENED TAE YOUS?
WEEL... WE BUMPED INTAE TWA GAULS...
BUT THEY DID HAE A DUG WI THEM...
AND TWA BOARS!
SAE THAT MAKS FIVE AWTHEGITHER!
THAE GAULS ARE AYE MAKKIN US LOOK LIKE RICHT EEJITS!
WE HAE TAE SORT THIS OOT, O JAMMIEPIECUS... IF NO, ROME'LL HAE OOR GUTS FOR GARTERS!
ONY BRICHT IDEAS, O EGGONPUS, MA TRUSTY FIERE?
MIBBE...
I'VE BEEN POSTIT IN THIS COUNTRY A LANG TIME, AND I KEN AW THE GAULISH CUSTOMS. AND THERE'S WAN CUSTOM THAT COULD BE GUID FOR US; IT'S CAWED THE MUCKLE RAMMY...
THE MUCKLE RAMMY?
AYE, HERE IN GAUL, WHEN THE CHIEF O WAN CLAN WANTS TAE BECOME THE CHIEF O TWA CLANS, HE CLAIMS ANITHER CHIEF AND THE TWA O THEM HAE A RAMMY. THE LOSER AND HIS CLAN MAUN SUBMIT TAE THE WINNER...
...IF THE CHIEFTAINS ARE AS STRANG AS EACH ITHER, THEY BAITH HAE THE RICHT TAE FLING BALES O HEY AT THE ITHER ANE; IT'S THEN SAID THEY'RE IN A HEY-ELECTION... AND IF WE HAD A CHIEF THAT WIS ON OOR SIDE IN CHAIRGE O THAE UNDINGABLE GAULS, THEN OOR TROUBLES WID BE OWER...
DUNT!
DOOF!
AYE, BUT WHIT CHIEF IN THEIR RICHT MIND WID CLAIM THE MICHTY HEIDBUMMERIX? HE'S UNDINGABLE BECAUSE O HIS WARLOCK'S MAGIC POTION!
I KEN WAN. HE'S ON OOR SIDE, AND HE'S AS MUCKLE AS MOONT OLYMPUS!

BY MINERVA! LET'S GANG TAE SEE THIS CHIEF O YOURS RICHT AWA!
HE BIDES IN THE CLACHAN CAWED REEKIELUM, AND HIS NAME IS PARCELOROGUIX.
AND WHILE THE ROMANS LITERALLY GET CAIRRIED AWA WI THEMSELS...
IN THE CLACHAN O REEKIELUM...
PARCE LORO GUIX
BY JUPITER AND TOUTATIS! I'VE AWREADY TELT YE I WANT YE GAUN ABOOT WI SHORT HAIR AND TOGAS! WE'RE GALLO-ROMANS NOO, YE KEN?
BUT IT'S GEY DRAUGHTY IN THAE TOGAS, CHIEF!
RICHT! FOR STERTERS, WE'RE GONNAE BIGG AN AQUEDUCT!
AN AQUEDUCT?
BUT PARCELOROGUIX, MA CHIEF, WE DINNAE NEED AN AQUEDUCT... THE RIVER GANGS THROUGH OOR CLACHAN AND OOR FIELDS JIST FINE!...
WE'LL DIVERT YON RIVER! AN AQUEDUCT IS MAIR ROMAN!
AND DINNAE QUESTION MA ORDERS AGAIN!
SCLAFF!
TELT YE!
BY JUPITER! IF AW THE GAULS WIS LIKE YON, WE'D BE ROMANO-GAULS!
SCUD!

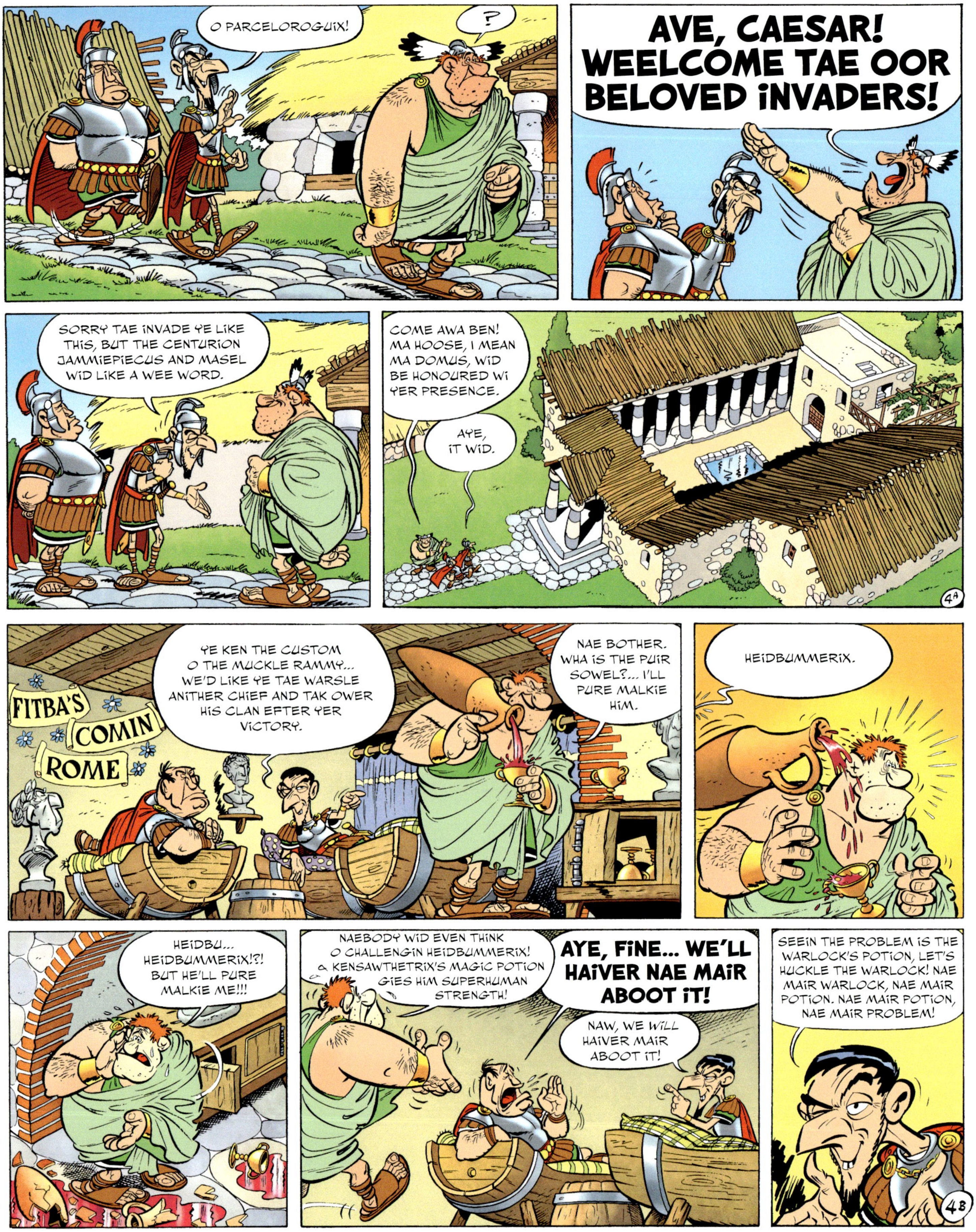
O PARCELOROGUIX!
?
AVE, CAESAR! WEELCOME TAE OOR BELOVED INVADERS!
SORRY TAE INVADE YE LIKE THIS, BUT THE CENTURION JAMMIEPIECUS AND MASEL WID LIKE A WEE WORD.
COME AWA BEN! MA HOOSE, I MEAN MA DOMUS, WID BE HONOURED WI YER PRESENCE.
AYE, IT WID.
FITBA'S COMIN ROME
YE KEN THE CUSTOM O THE MUCKLE RAMMY... WE'D LIKE YE TAE WARSLE ANITHER CHIEF AND TAK OWER HIS CLAN EFTER YER VICTORY.
NAE BOTHER. WHA IS THE PUIR SOWEL?... I'LL PURE MALKIE HIM.
HEIDBUMMERIX.
HEIDBU... HEIDBUMMERIX!?! BUT HE'LL PURE MALKIE ME!!!
NAEBODY WID EVEN THINK O CHALLENGIN HEIDBUMMERIX! A KENSAWTHETRIX'S MAGIC POTION GIES HIM SUPERHUMAN STRENGTH!
AYE, FINE... WE'LL HAIVER NAE MAIR ABOOT IT!
NAW, WE WILL HAIVER MAIR ABOOT IT!
SEEIN THE PROBLEM IS THE WARLOCK'S POTION, LET'S HUCKLE THE WARLOCK! NAE MAIR WARLOCK, NAE MAIR POTION. NAE MAIR POTION, NAE MAIR PROBLEM!

NIXT DAY...
WHAUR YE GAUN, O KENSAWTHETRIX, OOR WARLOCK?
I'M AWA TAE THE WIDD TAE GAITHER INGREDIENTS FOR THE MAGIC POTION, ASTERIX. WE'VE RUN OOT AND HIV NANE LEFT.
I'M AYE WORRIED WHEN OOR WARLOCK GANGS OOT TAE THE WIDD ON HIS AIN... BUT HE DOESNAE LIKE ONYBODY CHUMMIN HIM...
I'M GONNAE FOLLAE HIM FAE A DISTANCE...
WHAUR YE GAUN, ASTERIX?
I'M GONNAE FOLLAE OOR WARLOCK. THE WIDD ISNAE AW THAT SAFE THE NOO; THE ROMANS ARE SKEICH ABOOT SOMETHIN...
THAE ROMANS IS GLAIKIT... I'LL CAM WI YE. I'LL DELIVER MA MENHIR EFTER, IT'S NO AN URGENT ORDER.
YE COULD HAE LEFT THAT MENHIR IN THE CLACHAN.
WHIT? AND HAE SOME BAIRN CHORE IT?
5A
IN THE CAMP O BENEDETTIUM...
THE CAMOUFLAGE SQUAD IS READY FOR YER ORDERS, O JAMMIEPIECUS!
I'LL BE THERE THE NOO!
THAT IS STOTTIN, BY MARS AND JUNO! AND KEN, THERE'S FOLK SAY THE AIRT O CAMOUFLAGE IN THE ROMAN LEGION IS DEID?!
EH... JAMMIE-PIECUS?
THAT'S THE GAIRDEN HEDGE... THE CAMOUFLAGE SQUAD...
...IS OWER THERE!
5B

JINGS! AW, WEEL THEN. WHA'S IN CHAIRGE O THIS SQUAD?
THIS ANE HERE WI THE AIK LEAFS STUCK TAE HIS HELMET.
GIE HIM HIS ORDERS, EGGONPUS!
HUCKLE THE WARLOCK, DEID OR ALIVE! SCOOR THE WIDD UNTIL YE FIND HIM; HE'S AYE OOT THERE GAITHERIN HERBS. IF YE SUCCEED, YE'LL BE WEEL REWARDIT. IF NO, YE'LL BE CONFINED TAE BARRACKS!
EH... CENTURION... IF WE HAE A CHOICE... WE'D RAITHER GET CONFINED RICHT AWA...
YE WEE WORM THAT YE ARE! GET OOT O HERE, AND YE'D BETTER CAM BACK VICTORIOUS, BY MARS!
THAT DIDNAE WARK!
NAW! WE COULDNAE WORM OOR WEY OOT THIS YIN!
6A
KIDDY OAN YE'RE AW TREES...
WIDD YOU BELIEVE IT?
WHIT A SAP!
I'M SHAKKIN LIKE A LEAF!
HIS BARK IS WARSE THAN HIS BITE!
I'M AIKEN AW OWER!
STAP. NAE MAIR HONKIN JOKES! WE'VE GOT PLENTY ITHER THINGS TAE WORRY ABOOT!
A WEE BIT LATER...
WHAUR ARE THEY? WHAUR ARE THEY?
YE SAID BE LIKE TREES! SAE WE JIST PLANTIT OORSELS HERE AND...
DAE THAT AGAIN AND I'LL PLANT MA FIT ON YER BAHOOKIE!
BOSS! SOMEBODY'S COMIN!
DAE WE SHAW THEM A SQUARE?
NAW, SHAW THEM A SHAW! AND DAE IT QUIETLY! I DINNAE WANT TAE HEAR YER WALLIES CHITTERIN!
6B

LALALALALA...
TCHIC!
THERE'S BOOND TAE BE A FOWER-LEAF CLOVER IN THIS SHAW...
OCH, THAT'S NO A FOWER-LEAF CLOVER. THAT'S A FIVE-TAED FIT!
A FIT?
WE HAE HIM! HUCKLE HIM! QUICK!
OOR WARLOCK! SURROONDIT BY ROMANS! WE HAE TAE SAVE HIM!
I'LL SOON SORT THEM OOT!
NAW, OBELIX ! NAAAAAW!
WHUD!
WEEL DONE, OBELIX! AWFIE WEEL DONE!
WHIT YE WANTIN FAE ME? DID THAE ROMANS SHOOT THE CRAW OR WHIT?
POF! POF! POF!

HERE CAMS THE PATROL!
BRAW!
MISSION ACCOMPLISHED! WE GOT THE WARLOCK!
DID YE GET HIM WI A PILUM?
EH... NAW... WI A MENHIR...
...AND WE LEFT THE WARLOCK UNNER THE MENHIR. NAEBODY COULD SURVIVE EFTER A DUNT LIKE YON!
I HOPE YOU'RE RICHT... BUT WHILES I WUNNER IF THAE GAULS ARE HUMAN... ONYWEY WE CAN LET PARCELOROGUIX KEN HE CAN MAK HIS CHALLENGE!
MEANWHILE...
GIE'S A BREK... A WEE DUNT FAE A MENHIR COULDNAE HIV HERMED HIM...MIBBE HE JUIST ATE SOMETHIN HEAVY TAE HIS DENNER...
WE'RE NEAR BACK IN THE CLACHAN... I'M GONNAE TRY AND BRING HIM ROOND!
...JIST A WEE CHAP ON THE HEID WI A MENHIR...
GUID! HE'S COMIN BACK TAE HIS SENSES! HE'S GEY STRANG, OOR WARLOCK! ESPECIALLY IN THE HEID!...
HOW DAE YE FEEL?
I FEEL BRAW... BUT WHA THE HAIR-ILE ARE YOU, NEEBOR?

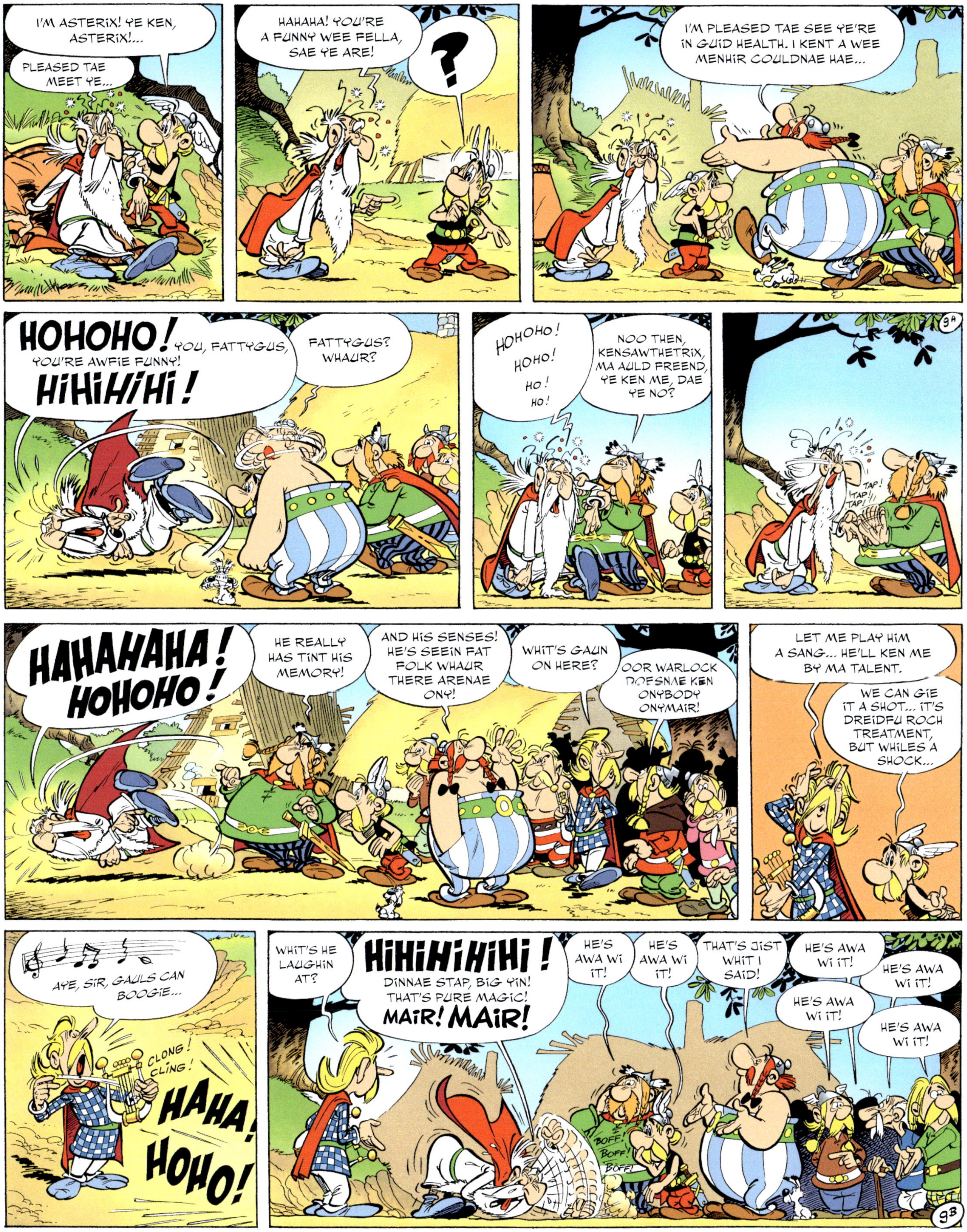

I'M ASTERIX! YE KEN, ASTERIX!...
PLEASED TAE MEET YE...
HAHAHA! YOU'RE A FUNNY WEE FELLA, SAE YE ARE!
?
I'M PLEASED TAE SEE YE'RE IN GUID HEALTH. I KENT A WEE MENHIR COULDNAE HAE...
HOHOHO! YOU, FATTYGUS, YOU'RE AWFIE FUNNY! HIHIHIHI!
FATTYGUS? WHAUR?
HOHOHO! HOHO! HO! HO!
NOO THEN, KENSAWTHETRIX, MA AULD FREEND, YE KEN ME, DAE YE NO?
TAP! TAP!
HAHAHAHA! HOHOHO!
HE REALLY HAS TINT HIS MEMORY!
AND HIS SENSES! HE'S SEEIN FAT FOLK WHAUR THERE ARENAE ONY!
WHIT'S GAUN ON HERE?
OOR WARLOCK DOESNAE KEN ONYBODY ONYMAIR!
LET ME PLAY HIM A SANG... HE'LL KEN ME BY MA TALENT.
WE CAN GIE IT A SHOT... IT'S DREIDFU ROCH TREATMENT, BUT WHILES A SHOCK...
AYE, SIR, GAULS CAN BOOGIE...
CLONG! CLING!
HAHA! HOHO!
WHIT'S HE LAUGHIN AT?
HIHIHIHIHI! DINNAE STAP, BIG YIN! THAT'S PURE MAGIC! MAIR! MAIR!
HE'S AWA WI IT!
HE'S AWA WI IT!
THAT'S JIST WHIT I SAID!
HE'S AWA WI IT!
HE'S AWA WI IT!
HE'S AWA WI IT!
HE'S AWA WI IT!
BOFF! BOFF! BOFF!

HA! HA! HA! HI! HI! HI!
TAK THE WARLOCK TAE HIS BOTHY, OBELIX. I'M GONNAE HAE A WORD WI OOR CHIEF!
WEEL, SEEIN AS HOO I'VE BEEN ASKED FOR MAIR...
WHILES, LESS IS MAIR!
HOO ARE WE GONNAE CURE HIM, ASTERIX?
WHEN YE THINK THAT HE KENT HOO TAE MAK POTIONS THAT COULD CURE HIM IN A HERTBEAT!
HAUD ON! THE MAGIC POTION THAT GIES US OOR SUPERHUMAN STRENGTH!
PLAC!
WE JIST HAE TAE HOPE HE MINDS THE FORMULA! IF NO, THE ROMANS WILL MAK MINCEMEAT O US! THEY OOTNUMMER US A HUNNER TAE WAN, AND THEY'RE BETTER AIRMED THAN US!
O KENSAWTHETRIX! DAE YE MIND THE FORMULA FOR THE MAGIC POTION?
THE MAGIC POTION?
WHIT MAGIC POTION? YE'LL HAE TAE LET ME GET A LOOK AT THIS, NEEBOR... IT SOONDS AWFIE INTERESTIN.
WE'LL HAE TAE WARN THE HAILL CLACHAN... THIS IS AN AWFIE SERIOUS SITUATION!
YE KEN, THE POTION! I FELL INTAE IT WHEN I WIS WEE!
HI! HI! HI!
I'M GONNAE HAE A GUID TIME HERE ...THE HAILL PLACE IS A HOOT...
YA BEAUTY!

BRITHER AND SISTER GAULS! THIS IS OOR DAURKEST OOR! KENSAWTHETRIX HAS TINT HIS MEMORY AND HE CANNAE MAK THE MAGIC POTION, THE SECRET O OOR STRENGTH... WE HAE NAE MAIR RESERVES O THE POTION, AND THEREFORE WE ARE IN THE PROVERBIAL HOAT WATTER. WE NEED TAE HAUD OOR WHEESHT ABOOT THIS DISASTER AND HOPE THAT NAEBODY CHALLENGES US UNTIL OOR DEAR WARLOCK IS CURED!
CLING!
PAFF!
HOOANEVER, DINNAE FORGET THAT WE AINLY HAE WAN THING TAE FEAR – THAT THE SKY MICHT FAW ON OOR HEIDS!
BUT THE SKY IS TURNIN DRUMLIE FOR OOR FRIENDS... A ROMAN MESSENGER ARRIVES AT THE CLACHAN O REEKIEUM...
WHAUR'S YER CHIEF, PARCELOROGUIX?
HE'S INSPECTIN PROFESSOR WANPLUSTWIX'S SCHUIL O MODERN LEIDS.
ROSA, ROSA, ROSAE, ROSAE, ROSAM, ROSA...
SCHUIL
AVE!
COLISEUM ROMANUS
ABC
C'MOAN, CAN YE NO DAE THE SAME AS THIS WEE MANNIE HERE, AND SALUTE OOR ROMAN FREEND?
I HAE BROCHT YE AN IMPORTANT MESSAGE FAE CENTURION JAMMIEPIECUS, O PARCELOROGUIX!
GUID, C'MOAN OOTSIDE!
A
WEEL DONE, DROOKITBRIX, YE'LL GET A GOWD STAUR FOR THAT. BUT YE DINNAE NEED TAE CAIRRY ON SALUTIN, THEY'VE GANE OOTSIDE!
I'M NO SALUTIN! I'M NEEDIN TAE GANG OOTSIDE AND AW!

I HAE COME TAE TELL YE THAT WARLOCK KENSAWTHETRIX HAS BEEN HUCKLED AND THAT YE CAN AWA AND CHALLENGE CHIEF HEIDBUMMERIX.
ARE... ARE YE SURE THE WARLOCK'S NAE LANGER THERE?
AYE! WE BLOOTERED HIM SENSELESS IN A FAMOUS BATTLE!
WEEL THEN, AWA AND TELL YER CENTURION THAT I'LL CHALLENGE MA RIVAL THE MORRA!
I'M GONNAE BEAT HEIDBUMMERIX, BECAUSE I AM THAT STRANG! AND THEN, WI THE HELP O THE ROMANS, I'M GONNAE BLOOTER AW THE ITHER CHIEFS, AND THEN I'LL BE THE AINLY CHIEF IN GAUL!
I'LL MAK GAUL INTAE A NEW ROME! I'LL BIGG BATHS! THE GAULS WILL HAE TAE TAK A DAILY DOOK AND I'LL MAK SURE NAEBODY JOUKS THEIR DAILY DOOK! THERE'LL BE NAE JOUKERS, JIST DOOKERS!
IN OOR FREENDS' CLACHAN, A LANG VIGIL IS DRAWIN TAE A CLOSE...
HMMMHMMMM HIHI! HIHIHIHMMMmm!
ONYWEY, IT'S PIT HIM IN A GUID MOOD...
WHEN YE THINK ABOOT IT... A WEE MENHIR LIKE THAT, I AINLY KITTLED HIM WI IT!
OBELIX, FOLK IN GLESS HOOSES SHOULDNAE FLING STANES, KEN!
12A
WHIT'S THAT?
SOONDS LIKE MAGONAGLIX SINGIN.
I'LL AWA AND SEE...
BAHAAAHOOO
BOOAAAAHOOOOOOOO
?
MA CHIEF PARCELOROGUIX HAS SENT ME AHEID TAE ANNOONCE HIS ARRIVAL. HE WANTS A BLETHER WI YER CHIEF HEIDBUMMERIX. AVE!
12B
HMMM... PARCELOROGUIX... I DINNAE LIKE THE SOOND O THIS... HE'S A ROCH, PRIDEFU AND SLEEKIT HINKUM-SNEEVLIE.
ASTERIX, TELL HIM NO TAE BURST OOT LAUGHIN EVERY TIME HE LOOKS AT ME!

THAT'S PARCEL-OROGUIX HERE THE NOO, CHIEF!
LEA ME ALANE. I'M ON!
HAUD STILL, WILL YE!
GET DOON! THEY'RE HERE!
OCH, WHY DAE I EVEN BOTHER?
BAAAAHOOOOOUUUUUUU
BAAAAAOOOUUUUUUUUUUUHHH!
WHIT A STRAMASH!
I KINNA LIKE IT...
13A
AVE!
HOO'S IT GAUN?
THIS IS A SUMMIT CONFERENCE!
YOU'RE NO KIDDIN!
I HAE COME TAE CHALLENGE YE TAE TAK ME ON AT THE MUCKLE RAMMY!
?!!
A RAMMY?
A RAMMY?
AYE, BUT...
ACCORDIN TAE OOR LAWS, THE WINNER BECOMES THE CHIEF O THE LOSER'S CLAN! THE RAMMY WILL TAK PLACE AT THE NIXT CALENDS!
13B

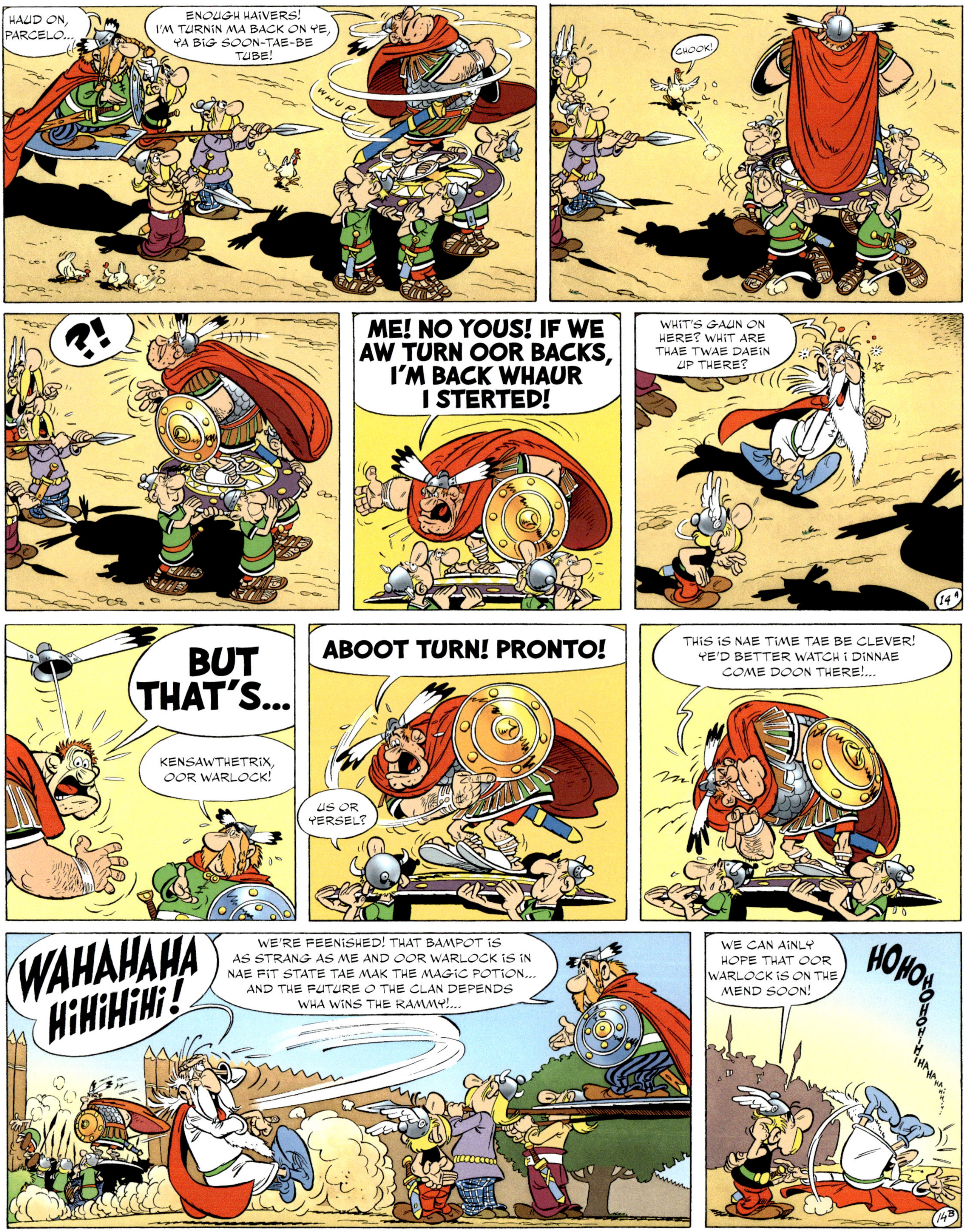
HAUD ON, PARCELO...
ENOUGH HAIVERS! I'M TURNIN MA BACK ON YE, YA BIG SOON-TAE-BE TUBE!
WHUP!
CHOOK!
?!
ME! NO YOUS! IF WE AW TURN OOR BACKS, I'M BACK WHAUR I STERTED!
WHIT'S GAUN ON HERE? WHIT ARE THAE TWAE DAEIN UP THERE?
14A
BUT THAT'S...
KENSAWTHETRIX, OOR WARLOCK!
ABOOT TURN! PRONTO!
US OR YERSEL?
THIS IS NAE TIME TAE BE CLEVER! YE'D BETTER WATCH I DINNAE COME DOON THERE!...
WAHAHAHA HIHIHIHI!
WE'RE FEENISHED! THAT BAMPOT IS AS STRANG AS ME AND OOR WARLOCK IS IN NAE FIT STATE TAE MAK THE MAGIC POTION... AND THE FUTURE O THE CLAN DEPENDS WHA WINS THE RAMMY!...
WE CAN AINLY HOPE THAT OOR WARLOCK IS ON THE MEND SOON!
HOHOHOHOHOHIHIHAHAHA
14B

THE FORTIFIED ROMAN CAMP O BENEDETTIUM...
YOU TELT ME THAT WARLOCK HAD BEEN HUCKLED! NO AINLY IS HE NO HUCKLED, BUT HE'S IN AWFIE GUID SPIRITS; HE CANNAE STAP LAUGHIN!
I'VE LAID DOON MA CHALLENGE, AND I CANNAE BACK OOT O IT NOO WIOOT SUBMITTIN TAE HEIDBUMMERIX! ALTHOUGH, I'D MIBBE RAITHER DAE THAT THAN GET PURE MALKIED...
WHIT BRAW ADVICE, EGGONPUS! NOO INSTEID O WAN RADGE CLAN ON MA HAUNS, I'LL HAE TWA O THEM! CAESAR IS GONNAE BLAW HIS TAP ABOOT AW THIS!
KEEP THE HEID. WE STILL HAE HUNNERS O TIME TO SEND PATROLS OOT INTAE THE WIDD TAE HUCKLE THE WARLOCK...
15A
QUOD ERAT DEMONSTRANDUM.
THAT'S EASY FOR YOU TAE SAY.
MEANWHILE IN THE GAULISH CLACHAN...
KENSAWTHETRIX, YE HAE TAE LISTEN TAE ME! YE HAE TAE MAK THE MAGIC POTION TAE GIE OOR CHIEF SUPERHUMAN STRENGTH!
WHA'S THIS KENSAWTHETRIX YE KEEP HAIVERIN ON ABOOT?
LET'S JIST GET AWTHIN READY, AND MIBBE HIS MEMORY WILL CAM BACK TAE HIM. OBELIX! AWA AND GET THE INGREDIENTS FAE KENSAWTHETRIX'S BOTHY, AND A CAUDRON.
WAHAHAHAHA!
THIS FAT LADDIE IS AWFIE FUNNY!
ASTERIX, IF YOU DINNAE TELL HIM TAE YUCK IT, WARLOCK OR NO, I'M GONNAE TAK YON CAUDRON AND...
AYE! JIST LIKE YE DID WI THE MENHIR, OBELIX!
15B

AND WHIT DAE YE WANT ME TAE DAE Wi THIS?
PIT THE iNGREDIENTS iN THE POAT AND, KEN, MAK THE MAGiC POTION?
HAW! HAW! THIS IS BRAW FUN!
PLOWP!
IT KiNNA LOOKS LiKE HE MiNDS THE FORMULA!
PIT THIS iN AND AW?
AYE... iF YE WANT...
BLOP! BLOP! BLOP!
BOOM!
HAW! HAW! WHiT A BRAW GEMME! LET'S DAE iT AGAiN!
?!
OBELiX! AWA AND GET ANiTHER CAUDRON!
SOON EFTER...
OCH, I'M AWFiE SORRY, NEEBORS, BUT NOTHiN'S HAPPENiN THIS TiME ROOND... iT'S GUBBED.
BLOP! BLOP! BLOP!
MiBBE HE'S GOT iT. C'MOAN WE'LL HAE A KEEK.
BLOP! BLOP! BLOP!
BOOM!
HAW! HAW! IT WARKED! YA BEAUTY!
?!
THiS iS AW GAUN TAE POAT!
WE CANNAE GiE UP! OR WE'LL AW GO POATTY!

UNNER THE COMMAND O THE LEGIONARY SAFERINTHEHUS, A PATROL TIPTAES INTAE THE WIDD...
THIS CANNAE BE RICHT... WHAUR'S THE GAULS? WE SHOULD HAE BEEN TOBERED BY WAN O THEM BY NOO...
BOOM!
DID YE HEAR YON?
WHIT ARE THEY DAEIN? WHIT ARE THEY UP TAE?
CLAC! CLAC! CLAC! CLAC!
HAW!... A CAUDRON!
WHIT CAUDRON?
CLONC!
BACK TAE THE CAMP! QUICK!
THEY'RE MAKKIN AWFIE SOONDS IN THEIR CLACHAN AND AS HAURD AS THEY CAN FIRIN CAUDRONS FOR MILES...
THEY'RE FIRIN CAUDRONS AT MA LEGIONARIES?! I'M BILIN ABOOT THIS...
AND THAT'S NO AW. THEY'RE MAKKIN FISH SOUP AS WEEL.
SNIFF! SNIFF!
IS THAT RICHT? WEEL, FISH THAT PEEN-HEID OOT O THAT POAT AND TELL HIM HE'S BEEN VOLUNTEERED TAE GANG TAE SPY ON THE GAULS!
THAE GAULS MUST THINK I'M A DAFT SKATE!
SPLATCH!
IN THE GAULISH CLACHAN...
THIS YIN DIDNAE GO BOOM!...
IF IT DIDNAE GO BOOM, MIBBE HE'S GOT IT?!
LET'S HAE A SKEK...
BLOP! BLOP!

SOMEBODY WILL HAE TAE TASTE IT TAE SEE IF IT'S THE MAGIC POTION OR NO...
AYE, BUT IF IT ISNAE, YE'LL BE BLAWIN AFF FOR WEEKS...
I'LL TASTE IT... EFTER AW, THE WARLOCK'S MIBBE NO HIMSEL BECAUSE O MA WEE MENHIR!
BLOP! BLOP! BLOP!
HI, HI, HI, HI, HI, HI, HI, HI,
NAW, OBELIX. I'M THE CHIEF. IT'S UP TAE ME TAE TASTE IT.
BUT IF YOU GO BOOM, PARCELOROGUIX WILL BECOME OOR CHIEF, WIOOT HAEIN TAE WIN THE RAMMY.
WE'RE REALLY NEEDIN A ROMAN FOR THIS ANE... I WUNNER WHAUR WE CAN FIND A ROMAN ROON HERE?
MEANWHILE IN THE FORTIFIED CAMP O BENEDETTIUM...
IS SAFERINTHEHUS AWA YET?
NAW, HE SAYS HE'S NO COMIN OOT O HIS POAT.
18A
ARE YE GONNAE COME OOT O THERE?
GNNNNNN
NUT!
GNNNNNNN!!
ARE YOU NO ASHAMED O YERSEL HIDIN IN A CAUDRON HONKIN O FISH?
NAW, I AMNAE ASHAMED O MASEL HIDIN IN A CAUDRON HONKIN O FISH.
I'D RAITHER BE HERE INSIDE A CAUDRON HONKIN O FISH THAN IN THE GAULS' CLACHAN OOTSIDE A CAUDRON HONKIN O FISH!
I'LL BILE YE ALIVE IN YER CAUDRON HONKIN O FISH!
18B
FINE. JIST A WEE TAIT SAUT, PLEASE.

DULCE ET DECORUM EST PRO PATRIA MORI.
DINNAE TEST MA PATIENCE, YA ROASTER! I'M GETTIN HOAT UNNER THE COLLAR!
WE SHOULD STEER HIM SAE HE DOESNAE STICK...
WEEL, ARE YE COMIN OOT OR NO?
ACH, AWA AND BILE YER HEID!
AWRICHT... I'M COMIN OOT... SEE YOU, YE'RE LIKE A HEN O HOAT GIRDLE!
I CONGRATULATE YE ON YER SPONTANEOUS HEROISM! NOO YE'RE GAUN TAE SPY ON THE GAULS... YE'LL BE WEEL-CAMOUFLAGED AND IN NAE DANGER!
SOON EFTER...
HAW, HERE CAMS SAFERINTHEHUS!
AYE, HE'S BRAINCHIN OOT...
19A
...AND HE PURE REEKS O FISH!
BUT, KEN WHIT? HE DOESNAE LOOK OOT O PLAICE!
HIHIHIHO HAHAHA!
EEJITS!
NOTHIN DAUNTIT, THE LEGIONARY ARRIVES IN THE WIDD...
I'M NO FAUR FAE THE GAULS' CLACHAN... I'LL JIST PLANT MASEL HERE.
HOO! HOO!
?
YE'LL GIE ME AWA! GIT LOAST, YA DAFT HOOLET!
HOO?
HOO? I'LL TELL YE HOO! JIST FLEE AWA!
HOO? HOO?... A TREE THAT CAN TALK HOOLET! AND HONKS O FISH, TAE! THIS IS A TREE AND A HAUF!
19B

WE HAE TAE FIND A ROMAN TAE TASTE OOR WARLOCK'S POTION.
YE CAN AYE FIND A ROMAN OR TWA IN THE WIDD THIS TIME O THE YEAR.
JINGS! IT'S THE GAULS! I NEED TAE BLEND IN!
HOO! HOO!
SOMEBODY'S CAWIN US!
HOO DAE YOU KEN?
HOO! HOO!
I HEARD IT. OWER THERE!
IT'S A HOOLET!... HOO! HOO!
HOO! HOO!
HAW, NAW!
209
YE CANNAE EAT IT BUT IT'S BRAW. I'M GONNAE TAK IT HAME TAE GIEITBIGLIX. THEN HE'LL HAE A WEE PAL.
A HOOLET FOR YER DUG! HOO DAE YE COME UP WI THESE IDEAS? HOO?
ONYWEY, C'MOAN! THIS IS SERIOUS WARK. IT'S NO A HOOT!
HOOCH!
HOOCH? DID YE HEAR HOOCH?
I HEARD HEE HAW!
HOO! HOO!
NAW, IT WISNAE ME! I SAID HEE HAW! IT WIS THE HOOLET! HE SAID HOO HOO! BUT I DIDNAE SAY HOOCH!
MAMMY DADDY!
AN AWFIE FUNNY TREE THIS. A HAILL NEW SPECIES.
208

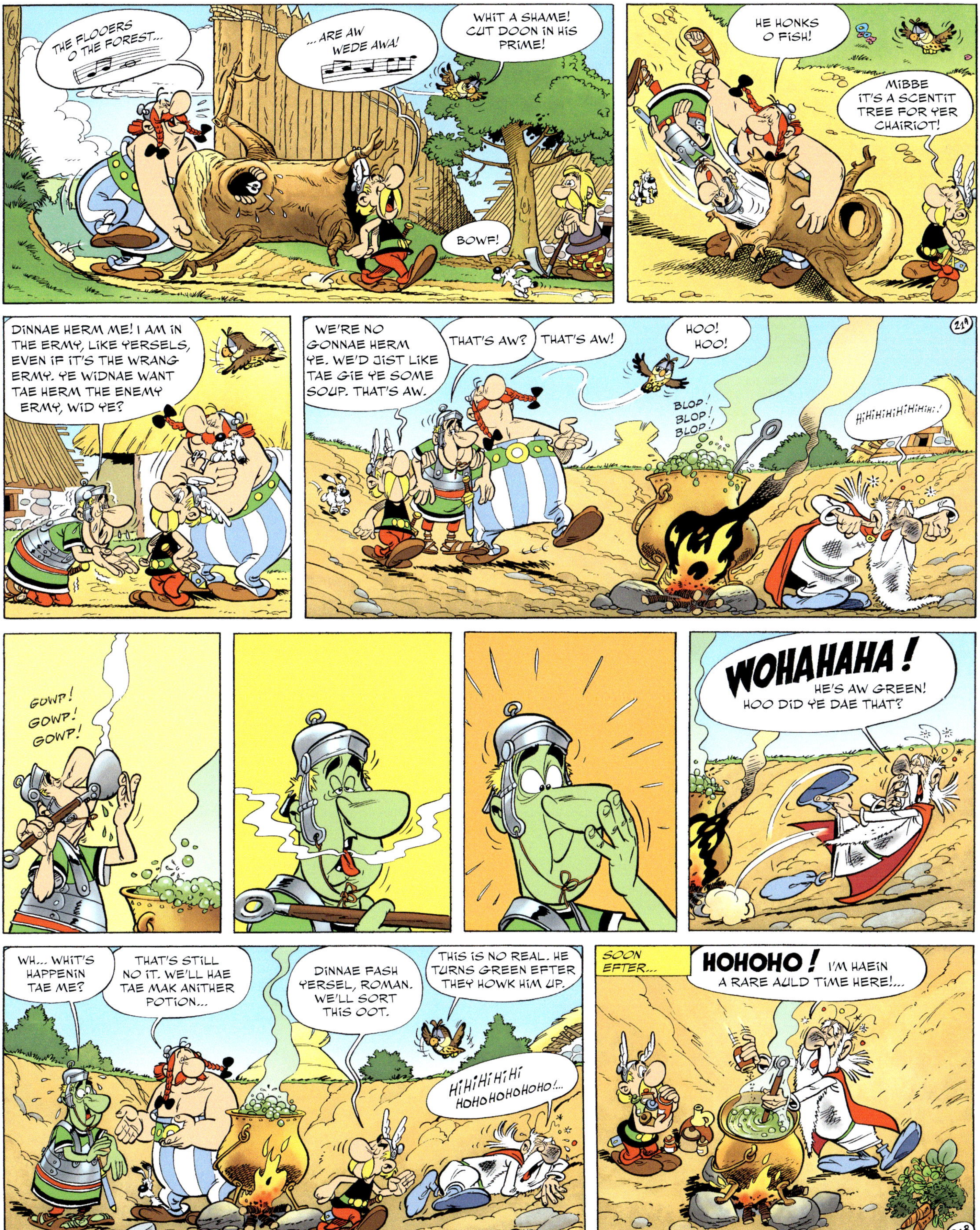
THE FLOOERS O THE FOREST...
...ARE AW WEDE AWA!
WHIT A SHAME! CUT DOON IN HIS PRIME!
BOWF!
HE HONKS O FISH!
MIBBE IT'S A SCENTIT TREE FOR YER CHAIRIOT!
DINNAE HERM ME! I AM IN THE ERMY, LIKE YERSELS, EVEN IF IT'S THE WRANG ERMY. YE WIDNAE WANT TAE HERM THE ENEMY ERMY, WID YE?
WE'RE NO GONNAE HERM YE. WE'D JIST LIKE TAE GIE YE SOME SOUP. THAT'S AW.
THAT'S AW?
THAT'S AW!
HOO! HOO!
BLOP! BLOP! BLOP!
HIHIHIHIHIHIHI!
GOWP! GOWP! GOWP!
WOHAHAHA! HE'S AW GREEN! HOO DID YE DAE THAT?
WH... WHIT'S HAPPENIN TAE ME?
THAT'S STILL NO IT. WE'LL HAE TAE MAK ANITHER POTION...
DINNAE FASH YERSEL, ROMAN. WE'LL SORT THIS OOT.
THIS IS NO REAL. HE TURNS GREEN EFTER THEY HOWK HIM UP.
HIHIHIHI HOHOHOHOHOHO!...
SOON EFTER...
HOHOHO! I'M HAEIN A RARE AULD TIME HERE!...

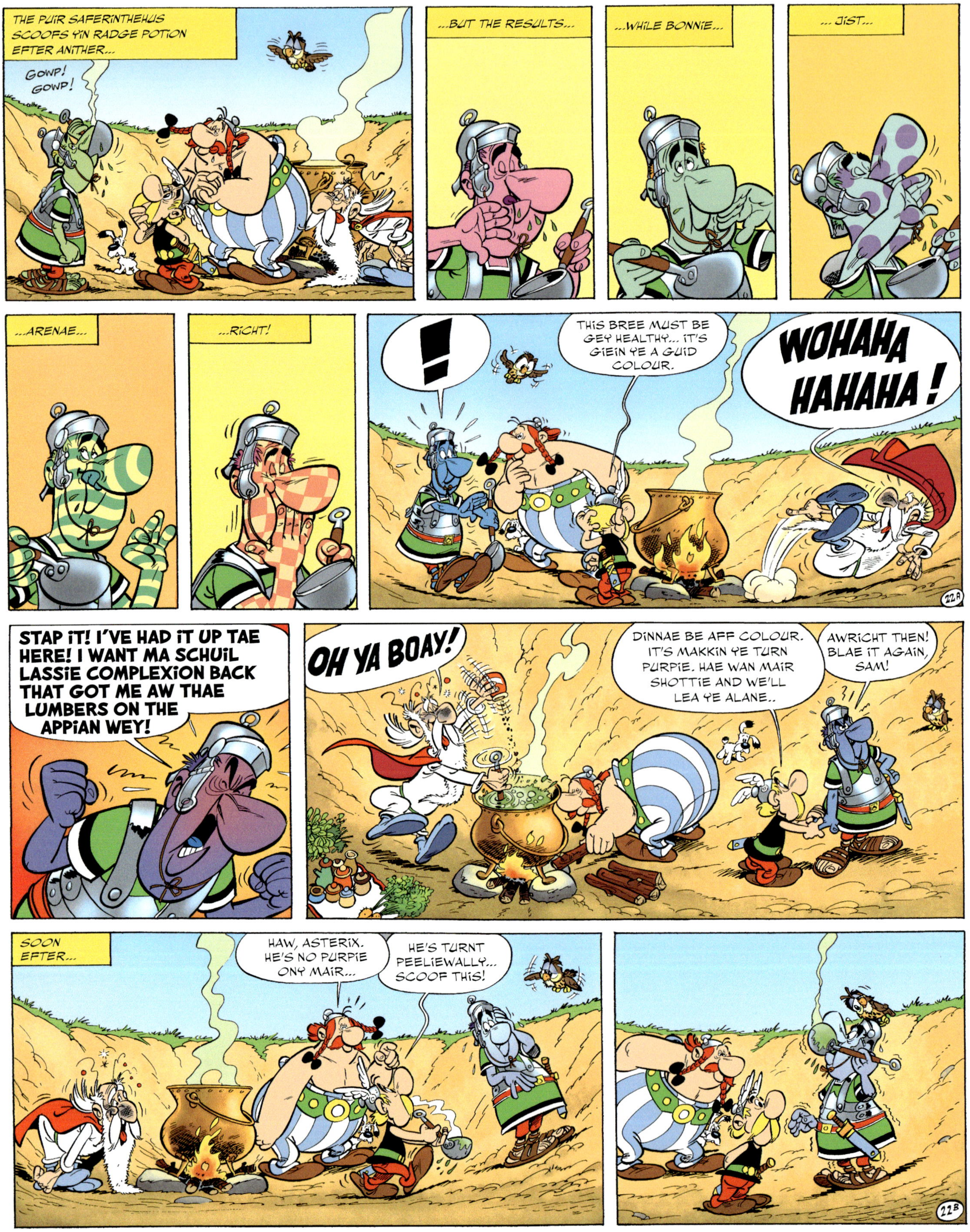
THE PUIR SAFERINTHEHUS SCOOFS YIN RADGE POTION EFTER ANITHER...
GOWP! GOWP!
...BUT THE RESULTS...
...WHILE BONNIE...
...JIST...
...ARENAE...
...RICHT!
!
THIS BREE MUST BE GEY HEALTHY... IT'S GIEIN YE A GUID COLOUR.
WOHAHA HAHAHA!
STAP IT! I'VE HAD IT UP TAE HERE! I WANT MA SCHUIL LASSIE COMPLEXION BACK THAT GOT ME AW THAE LUMBERS ON THE APPIAN WEY!
OH YA BOAY!
DINNAE BE AFF COLOUR. IT'S MAKKIN YE TURN PURPIE. HAE WAN MAIR SHOTTIE AND WE'LL LEA YE ALANE..
AWRICHT THEN! BLAE IT AGAIN, SAM!
SOON EFTER...
HAW, ASTERIX. HE'S NO PURPIE ONY MAIR...
HE'S TURNT PEELIEWALLY... SCOOF THIS!

I'VE GOT MA BONNIE PERJINK COMPLEXION BACK!
MIBBE THIS IS THE RICHT POTION, ASTERIX!
MIBBE...
HOO YE FEELIN, ROMAN?
AYE... NO BAD...
...AND LICHT...
!?!
...AWFIE LICHT!
?!?
HUCKLE ME!
HUCKLE HIM! HE'S FLEEIN AWA!
AND HE FLEES AND AW? NOO THAT'S WHIT I CAW A GUID FREEND!
HOO? HOO?
HOO! HOO!
CAN I GET HIM DOON? I CAN SCUD HIM WI MA MENHIR FAE HERE...
?!
NAW! HE'S BLAWN AWA AND WE'VE BLAWN IT. WE'LL HAE TAE WARK OOT SOME ITHER WEY TAE MAK THE POTION!

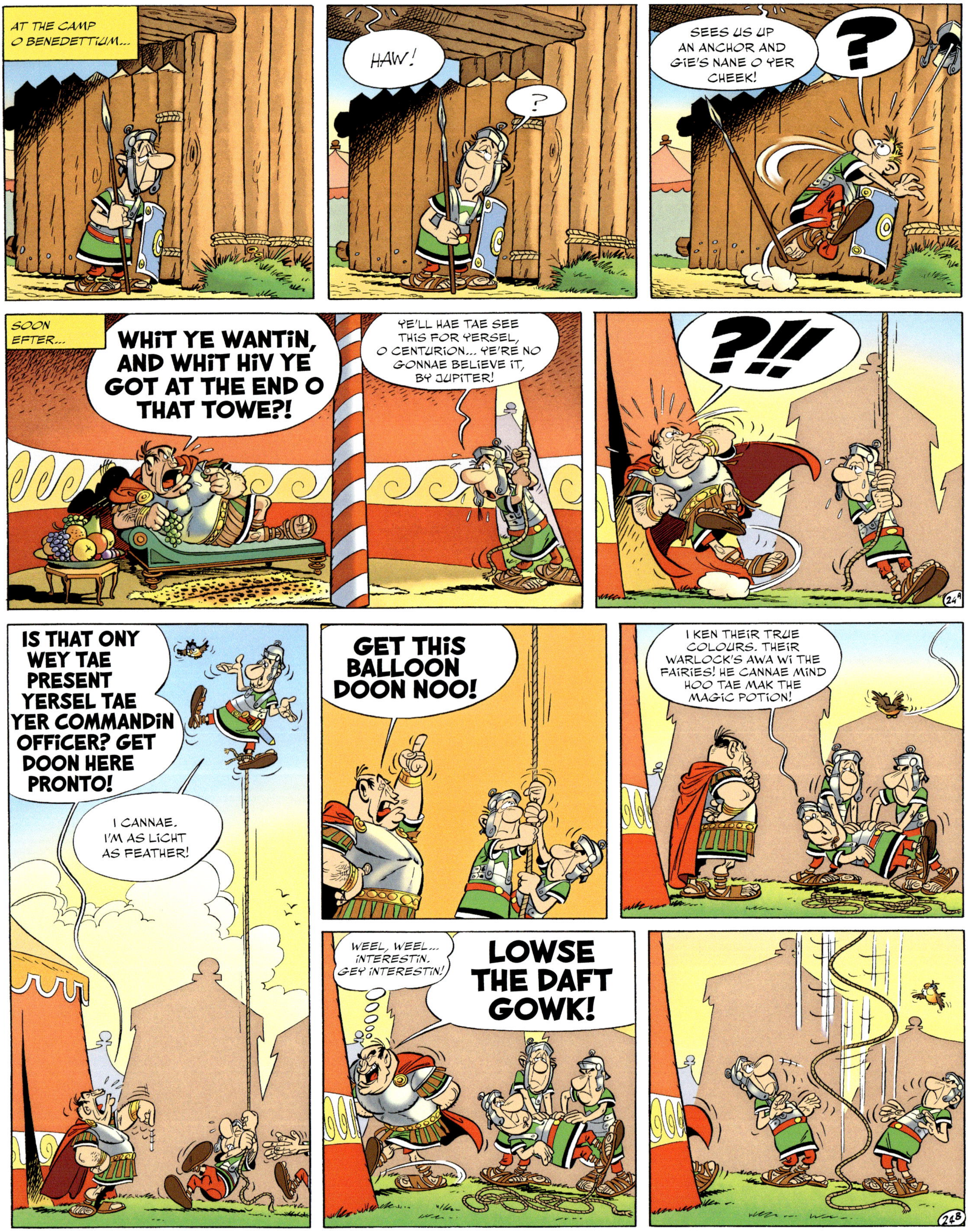

AT THE CAMP O BENEDETTIUM...
HAW!
?
SEES US UP AN ANCHOR AND GIE'S NANE O YER CHEEK!
?
SOON EFTER...
WHIT YE WANTIN, AND WHIT HIV YE GOT AT THE END O THAT TOWE?!
YE'LL HAE TAE SEE THIS FOR YERSEL, O CENTURION... YE'RE NO GONNAE BELIEVE IT, BY JUPITER!
?!!
IS THAT ONY WEY TAE PRESENT YERSEL TAE YER COMMANDIN OFFICER? GET DOON HERE PRONTO!
I CANNAE. I'M AS LICHT AS FEATHER!
GET THIS BALLOON DOON NOO!
I KEN THEIR TRUE COLOURS. THEIR WARLOCK'S AWA WI THE FAIRIES! HE CANNAE MIND HOO TAE MAK THE MAGIC POTION!
WEEL, WEEL... INTERESTIN. GEY INTERESTIN!
LOWSE THE DAFT GOWK!

IT'S WARKED OOT FINE! THAT MENHIR CLEARLY GIED THE WARLOCK A SAIR DUNT ON THE HEID. HE CANNAE MAK THE MAGIC POTION!
ATTACK THE GAULS NOO! THERE'S HUNNERS MAIR O US THAN THERE IS O THEM!
NAE POINT IN RISKIN OORSELS. LET PARCELO-ROGUIX GET HIS HAUNS CLARTY FOR US... WE'LL ATTACK IF HE DOESNAE WIN.
GNNNNNNI HIHIHI!
WOHA HAHA!
HAW! WHIT ABOOT ME?
HE FLEES AT NICHT, JIST LIKE ME! HE REALLY IS THE BRAWEST TREE!
WHIT YE WANTIN?
WHIT'S GONNAE HAPPEN TAE ME? DINNAE LEA ME UP HERE! I WANT DOON!
ACH, YON GAULISH POTION'LL SOON WEAR AFF! JIST HING ABOOT A WEE BIT LANGER! NICHTY NICHT!
RICHT ENOUGH, IN THE DEID O NICHT...
BAOOM!
AYE... POTION'S WORN AFF.
WHILE THE ROMANS ARE SOOND ASLEEP, AT THE GAULS' CLACHAN NAEBODY CAN SLEEP A WINK...
TAE CURE OOR WARLOCK, WE NEED ANITHER WARLOCK!
BRAW IDEA, ASTERIX, BY TOUTATIS!
I KEN A WARLOCK THAT BIDES NO FAUR FAE HERE. HIS SPECIALITY IS HELPIN FOLK THAT HAE TINT THEIR REASON AWTHEGITHER. HE'S CAWED GLEGWITTIX!

WE'RE AWA TAE GET GLEGWITTIX!
THERE'S NAE ROMAN PATROLS OOT THE DAY. THAT SPY MUST HAE TELT THEM WE'D RUN OOT O MAGIC POTION. SAE THEY THINK THEY DINNAE NEED TAE WATCH US!
THEY'VE EVEN TAEN THE FUN OOT O TRAIVELLIN... THE ROADS ARE OWER SAFE NOOADAYS.
EFTER AN AWFIE SAFE JOURNEY...
THAT'S US HERE NOO.
GLEGWITTIX WARLOCK
WE WANT TAE SEE THE WARLOCK!
IF YE DINNAE HAE AN APPOINTMENT, YE'LL HAE TAE WAIT.
FOLK COME FAE AW THE AIRTS TAE SEE THE WARLOCK...
WAITIN GLEN
CONSULTATION BOTHY
THIS YIN'S A BLATE BARBARIAN. A BIT O A SCUNNER IN HIS JOAB.
Are ye sure I'm no in yer road here?
THIS YIN'S FEART THE SKY'S GONNAE FAW ON HIS HEID.
THIS YIN THINKS HE'S A WILD BOAR!
OBELIX!
GRROINKK! GRRROINNK!
SNIFF! SNIFF!
AND THIS YIN'S GOT A PHOBIA ABOOT HIS ELBA!
?

NIXT PLEASE, MS MUCKLEPHARMA!
GRRROINNNKK! GROINNNNN!
SOON EFTER...
NIXT!
DOES HE NO THINK HE'S A WILD BOAR ONY MAIR?
AYE, HE DOES. BUT THE WARLOCK'S LEARNED HIM HOO TAE BEG SAE IT'S NO SAE OBVIOUS.
GROINNNK!
SOON EFTER...
I'M CURED! I'M CURED! I'M NO FEART O THE SKY FAWIN ON MA HEID ONY MAIR!
THE WARLOCK IS BYORDINAR... HE'S BOOND TAE CURE KENSAWTHETRIX!
IT'S YOUS NOO.
COME BEN, COME BEN...
RICHT. LIE DOON YOU...
WHA? ME?
?!

NOO, TELL ME WHIT'S WRANG? NAW, DINNAE TELL ME. I KEN WHIT IT IS...
?!
?!
YE THINK YE'RE OWER FAT AND THAT'S MAKKIN YE NO WEEL. WEEL, YE'RE WRANG. THERE'S NAE NEED TAE BE NO WEEL JIST BECAUSE YE'RE OWER FAT...
BUT I'M NO NO WEEL!
NAW... IT'S NO HIM THAT'S NO WEEL...
WHIT? IF I WIS AS FAT AS YON, I'D BE AFFY NO WEEL.
WE'VE CAM TAE GET YE TAE CURE KENSAWTHETRIX! HE'S THE ANE THAT'S NO WEEL!
KENSAWTHETRIX? OOR MAISTER THAT LEARNED US AWTHIN WE KEN? WHA HAS SECRETS AINLY HE KENS? LET'S GANG!
28A
MUCKLEPHARMA, I'LL BE AWA FOR A DAY OR TWA... GIE ME DOON MA CAUDRON, WILL YE?
BOTHY
WHIT HAPPENED HERE?
KEN THAT BLATE BARBARIAN YE CURED? WEEL, HE SAID HE WISNAE BLATE ONY MAIR AND THESE FOLK WERE IN HIS ROAD!
SOON EFTER...
BOOHOOHOOHOO
??
BOOHOOHOOHOO!
I'M OWER FAT! I'M A BIG FATTYGUS!
28B

NAW, OBELIX. YE'RE NO FAT. YE'RE NO A FATTYGUS...
YE'RE JIST SAYIN THAT TAE MAK ME FEEL BETTER!
BOOHOOHOO!
TAP! TAP! TAP!
DING! DONG! DONG! DING!
SNIFF! SNIFF!
BRING HIM TAE SEE ME... I'LL CURE HIM FOR YE!
SOON EFTER...
HAW! IT'S YERSEL! C'MOAN, I'LL TAK YE TAE KENSAWTHETRIX!
BOWF!
KENSAWTHETRIX! MA DEAR FREEND!
POC!
?
WOHAHAHAHIHIHOHO!
WHA'S THIS WEE NYAFF?
29A
HOHO! HIHI!
A WEE NYAFF? HE IS, TAE. LOOK AT THE WEE NYAFF!
?
I'D RAITHER BE BIG-BANED THAN A WEE NYAFF! WHIT YE HINK, ASTERIX?
AYE, OBELIX, AYE... LET'S LEA THE WARLOCK TAE GET ON WI HIS WARK...
POFF! POFF! POFF! POFF!
RICHT! NOO THAT I'VE CURED THE FAT YIN, I'LL HAE A KEEK AT KENSAWTHETRIX.
HIHI! HOHO!
TELL THAT ELEPHANT TAE WHEESHT OR I'M GONNAE GO DAFT!
SCRUNCH SCRUNCH
OBELIX, HIV YE NO GOT ONY MENHIRS TAE DELIVER?
BETTER AN ELEPHANT THAN A WEE NYAFF...
ESPECIALLY NO A DAFT WEE NYAFF!
29B

PIT MA CAUDRON ON THE FIRE... NAE DOOT I'LL BE MAKKIN SOME POTIONS.
SOON EFTER...
ME AND AW, I CAN MAK BRAW POTIONS IN MA CAUDRON AS WEEL!
POC!
WHITEVER YE DAE, DINNAE CONTRADICT THE PATIENT.
30A
WHIT HAPPENED TAE HIM? SOME KINNA SHOCK?
AYE, FAE A MENHIR.
I DINNAE THINK IT WIS THAT. THEY'RE SAYIN IT WIS MA FAUT! NIXT YE'LL BE TELLIN ME A WEE CHAP ON THE HEID FAE A MENHIR...
OBELIX! DINNAE BE A TUBE! WE DINNAE NEED A WARLOCK HERE TAE TELL US IT AW YOUR FAUT! YOU AND YER MENHIR!
HAUD ON. AS A BRITHER WARLOCK, I HAE A RICHT TAE KEN EXACTLY HOO KENSAWTHETRIX GOT THIS WEE CHAP ON THE HEID WI A MENHIR...
JIST LIKE YON...
DOOF!
OBELIX!
OBELIX, AWA AND DELIVER YER MENHIRS AND LEA US IN PEACE, WILL YE!
WEEL, HE WIS WANTIN TAE KEN...
IF YE GONNAE BE AW CRABBIT ABOOT IT, YE CAN AWA AND WHISTLE! I'M NO HELPIN YE!
HE'S OPENIN HIS EEN!
O WARLOCK, HOO YE DAEIN?
WHIT YE SAYIN, NEEBS?
30B

HE CANNAE MIND A THING!
HE'S GANE THE SAME WEY AS KENSAWTHETRIX!
HAW, NEEBOR! I KEN HOO TAE MAK SOME STOTTIN GUID POTIONS!
NEEBS! CAN I GET A SHOTE, TAE?
WE HAE NAE CHOICE... YE'LL HAE TAE GET IN TRAININ FOR THE RAMMY WI PARCELOROGUIX!
AYE, I DINNAE THINK WE CAN COONT ON THE WARLOCKS.
HAE A SWATCH AT THIS, NEEBOR!
WHIT A PITY OBELIX ISNAE CHIEF INSTEID O ME!
HIHIHIHI!
YOUR TURN. GET IT DOON YE!
31A
HE COWPED INTAE THE MAGIC POTION WHEN HE WIS A WEE BAIRN AND IT'S AYE HAD A PERMANENT EFFECT ON HIM...
HOHOHOHO!
THE LAW SAYS YE CANNAE ABDICATE IN FAVOUR O HIM... SAE THAT'S NAE USE.
HAHAHAHA!
ASTERIX, I MAK YOU MA PERSONAL TRAINER FOR THE MUCKLE RAMMY!
HIHIHI! HOHOHO! HAHAHA
WE'LL HAE OOR FIRST SESSION THE MORRA AT PEEP O DAY. YER DIET... REID MEAT, NAE MAIR BEER, NOTHIN BUT GOAT'S MULK.
HAW, A BONNIE BLUE!
HAW, A RADGIE REID!
31B

PEEP O DAY HASNAE YET PEEPED...
ZZZ! ZZZ!
?
UP YE GET, CHIEF! WE'LL GET YER TRAININ STERTED WI A RUN!
I'LL BE OOT THE NOO, ASTERIX!
32A
LEERIE-LA! LEERIE-LA!
ANE, TWA, ANE, TWA! C'MOAN, LADS! LIFT THAE FEET, BY TOUTATIS!
?
NAW, NAW!... THAT'S NO THE WEY, HEIDBUMMERIX! C'MOAN I'LL SHAW YE!
WEEL, YON'S BETTER.
FAUR BETTER.
HUNNERS BETTER.
HMMMM! HE'S NO LIFTIN THAE FEET.
NOO IT'S TIME FOR SOME RAMMY TRAININ. I'LL NEED TAE FIND A RAMMY PAIRTNER...
PECH! PECH! PECH!
HAW, I CAN DAE THAT...
I DINNAE KEN IF THAT'S...
HE'S RICHT... THE VERRA MAN. I WINNAE BE FEART O HERMIN OBELIX...
ACH WEEL, WE'LL GET STER...
SCONE!
BRAW, OBELIX! JIST BRAW! WHA NEEDS ROMANS WHEN YOU'RE KNOCKIN OOT HAUF O GAUL ON YER AIN?!
I WIS JIST TRYIN TAE HELP...
32B

O HEIDBUMMERIX, YE'VE NO TINT YER MEMORY, HIV YE?
NAW, I'VE NO TINT MA MEMORY, BUT I WIDNAE MIND FORGETTIN THAT SKELP!
WHILE HEIDBUMMERIX GETS ON WI HIS TRAININ, IN THE CLACHAN O REEKIELUM, HIS UNDAUNTIT OPPONENT PARCELOROGUIX IS TRAININ JIST AS HARD...
NIXT!
POFF!
POFF!
POFF!
SCUD!
NIXT!
I CANNAE WAIT FOR THIS RAMMY TAE BE OWER!
IS THAT THE SKY FAWIN ON MA HEID?
NAW, IT'S THE REST O US FAWIN ON YER HEID!
33A
SKITE!
NIXT!
THAT'LL DAE THE NOO, PARCELOROGUIX!
YOU CANNAE LOSE! WIOOT YON MAGIC POTION, YER OPPONENT WINNAE STAUN A CHAUNCE!
AND AW ITHER CHIEFS WINNAE EITHER! I'LL TAK THEM ON WAN BY WAN AND I'LL MAK MASEL CHIEF O THE HAILL O GAUL!
BONG!
(ABLOW HIS BRAITH) MMM... YON GAUL'S AMBITIOUS. HE MICHT BE DANGEROUS.
(ABLOW HIS BRAITH) MIBBE EFTER HE'S WON, WE'LL HAE ANITHER RAMMY... ATWEEN HIM AND THE LIONS AT THE CIRCUS IN ROME.
YE'RE SAE SHAIRP YE'LL CUT YERSEL, EGGONPUS!
SCLAFF!
A WEE BIT OWER SHAIRP! EFTER PARCELOROGUIX WINS, THIS YIN CAN GANG TAE THE CIRCUS AND HAE A RAMMY WI THE LIONS AND AW!
33B

WHILE THE TWA OPPONENTS REDD THEIRSELS UP FOR THE MUCKLE RAMMY, THE ROMANS REDD UP A RING OOTSIDE THEIR CAMP...
AND AS THE MUCKLE RAMMY HAS KITTLED MUCKLE PUBLIC INTEREST, BARBARIAN CHAPMEN PIT UP THEIR SHOWS NEARHAUN...
NARDINIX
ICE CREAM, POKEY HATS
I SESTERTIVS A SHOTE
DODGEM CHAIRIOTS
HUT THE BUHLS' EHS AND WIN A PREHZE!
WAPPINSHAW
CATAPULTS
I BRONZE BAWBEE PER WHEECH
PILUMS
II BRONZE BAWBEES PER FLING
DIPPIT DIPPER
V BRONZE BAWBEES
AT LANG LAST, THE MUCKLE DAY O THE MUCKLE RAMMY ARRIVES AND A MUCKLE CROOD GAITHERS, AW KEEN FOR A MUCKLE ASHET O BOAR AND CHIPS...
READ AW ABOOT DARIUS THE MENACE, MEGARA THE MINX...
A GOWD BAWBEE FOR ONYBODY GAUN WAN ROOND WI THE MIRMILLO!
WHA'S NOT GOT THEIR MENHIR SOUVENIR YET?
WID THE PARENTS O GOAVIEDIX PLEASE REPORT TAE THE LOST WEANS TENT?
GIFTIES FAE THE ARMORICA SHOWS
LOST WEANS
CORSTOPHINIX
SEE THE UNCO BEASTIES
DVNDEECOMIX
BOUM!

GAIRRISON... TAE AIRMS! TAE THE RAMMY, MAIRCH!
HAW, SAFERINTHEHUS, I HOPE YER HOOLET WINNAE BRING US ONY BAD LUCK.
HE'S NO MA HOOLET! HOO CAN I HELP IT IF HE FOLLAES ME ABOOT! HOO? HOO?
HOO! HOO!
PARCELOROGUIX DOOTS HE'S AWREADY THE WINNER...
MEANWHILE...
O HEIDBUMMERIX, IT'S TIME WE WERE AFF.
HEAVE AWA, LADS! WE'RE NO DEID YET!
35A
FREENDS! I PROMISE I'LL DAE MA BEST TAE MALKIE HIM, BY TOUTATIS!
LANG LIVE THE CHIEF!
AW I WANTIT TAE DAE WIS GIE THEM A WEE SANG O ENCOURAGEMENT...
OOR FREENDS' CLACHAN IS GEY NEAR DESERTIT, FORBY THE TWA WARLOCKS...
SCOOF THIS, NEEBS! IT'LL BLAW YER SOCKS AFF!
GET A GUBFU O THIS, NEEBOR! IT'LL BLAW YER HEID AFF!
...WI OBELIX, FU O REMORSE, PAST CAIRN.
OBELIX'S QUARRY
35B

LANG LIVE HEIDBUMMERIX! GAUN YERSEL, BY BELENOS!
WAN PARCELOROGUIX, THERE'S AINLY WAN PARCELOROGUIX, BY JUPITER!
THE MUCKLE RAMMY WILL CAIRRY ON UNTIL WAN O THE CHIEFS GIES UP! THE STAKES ARE AS FOLLAES: THE WINNER WILL RECEIVE THE HOMAGE O HEIDBUMMER... O THE LOSER AND HIS CLAN!
ON MA RICHT, THE GALLO-ROMAN CHIEF PARCELOROGUIX!
CAW THE FEET FAE UNNER HIM!
TAE MA LEFT, THE GAULISH CHIEF HEIDBUMMERIX!
GET TORE IN ABOOT HIM!
36A
NAE HOLDS BARRED. WHEN THE BUCCINA BUMS, CAM OOT SWEDGIN! AND MAY PARCELO... MAY THE BEST YIN WIN! ALEA JACTA EST!
WHAUR'S OBELIX?
AT THE CLACHAN SCUNNERED WI HIMSEL. HE THINKS IT'S AW HIS FAUT.
36B
AWA AND GET HIM! WE MICHT NEED HIM IF THERE'S A RAMMY EFTER THE RAMMY!
AND SAE THE MUCKLE RAMMY BEGINS!
POOOOOOOOOOOOOO

AT THE CLACHAN, OBELIX IS DOON IN THE DUMPS...
IT'S AW MA FAUT... WHEN I THINK O THAT WAN WEE CHAP WI A MENHIR...
WAN WEE CHAP WI A MENHIR? MIBBE I CAN CURE OOR WARLOCK WI ANITHER WEE CHAP WI A MENHIR!
NAEBODY ELSE ROON HERE WID HAE COME UP WI YON SOLUTION! YE HAE TAE BE A CLEVER CHIEL TAE THINK UP A SOLUTION LIKE YON!
OBELIX'S QUARRY
?
MEANTIME...
WHIT ARE WE GONNAE DAE NOO, NEEBS?
WE'LL PAP AW THE INGREDIENTS INTAE THE WAN CAUDRON FOR A LAUGH! WHIT YE HINK ABOOT THAT, NEEBOR?
BET YE WE COME OOT IN REID AND GREEN TARTAN!
OR YELLAE WI BLUE PLOOKS!
HIHIHIHIHI!
SPLATCH! SPLOTCH!
PLOP! PLOP! PLOP!
HIV YE SEEN MA PAL? KEN, THE BIG FAT ANE?
NAW, ASTERIX. I HAVENAE SEEN OBELIX.
CRIIIIIIII
?!
ASTERIX! YE CAWED ME ASTERIX! YE'RE CURED!
DOOF!
!!!

OBELIX!...ARE YOU JUIST EFTER FLINGIN THIS MENHIR?
WEEL, AYE! TAE CURE OOR WARLOCK...
YE'RE NO GONNAE TELL ME I'VE WENT AND DONE THE WRANG THING AGAIN, ARE YE?!
(TRYIN NO TAE BLAW HIS TAP)
LISTEN, WE DINNAE HAE TIME TAE ARGUE, BUT...
POFF! POFF! POFF!
INSTEID O ARGUIN, GET ME OOT FAE UNNER HERE!
!
POTOPOTPOTOPOT!
THANKS BE TAE TOUTATIS! OOR WARLOCK IS AYE CURED!
WHIT DAE YE MEAN AYE CURED? I'VE JIST CURED HIM WI MA DELICATE SAIN!
38A
WHIT'S BEEN HAPPENIN ATWEEN THAE TWA MENHIR DUNTS?
I'LL EXPLAIN AWTHIN, O KENSAWTHETRIX...
EFTER ASTERIX'S STORY...
QUICK. TEEM OOT THAT CAUDRON! BRING BILIN HOAT WATTER! I'M GONNAE MAK THE MAGIC POTION!
BUT THE MUCKLE RAMMY'S AWREADY STERTED... AND IF PARCELOROGUIX WINS WE'LL AW HAE TAE BE HIS SUBJECTS!
HAW, DINNAE DAE THAT! I'VE NO TRIED THAT YIN YET!
NAW, I DINNAE NEED YE TAE TASTE THE MAGIC POTION! AWA AND FIND SOMETHIN TAE CAIRRY AW THIS IN!
SOON EFTER...
OCH, IT'S NAE FUN HERE ONY MAIR. I'M AWA HAME!
38B

OOR THREE FREENDS ARE GETTIN NEAR THE AIRT WHAUR THE MUCKLE RAMMY...
HOO DID YE BRING THAT MENHIR WI YE? I DINNAE LIKE SEEIN YE WI THAE THINGS ONY MAIR!
YE NEVER KEN. IT MICHT COME IN HAUNDY, ASTERIX!
...HAS BEEN GAUN FOR HAUF AN OOR...
WILL-YOU-NO-STAUN-STILL?!
SWWIFFF
YOU HAUN OOT THE MAGIC POTION AMANG OOR FREENDS! AND I'LL TELL OOR CHIEF!
I COULD MIBBE...
NAW, YE FELL INTAE IT WHEN YE WERE A BAIRN!
HEIDBUMMERIX, MA CHIEF!
AYE? WHIT IS IT?
OOR WARLOCK KENSAWTHETRIX IS CURED! WE'RE READY TAE RAMMY!
HAW! HAW!
THAT GIES ME TWICED AS MUCKLE STRENGTH!
39A
AH!... HECH! PECH! AT LANG LAST! PECH! SECH! YE'VE STAPPED RINNIN!
SKELP!
HMMMMFFF
SPLATCH!
WHA'S THE BRAWEST? WHA'S BONNIEST? WHA'S THE BEST? WHA'S THE WINNER?
LANG LIVE GAUL!
LANG LIVE HEIDBUMMERIX! LANG LIVE OOR CHIEF!
39B

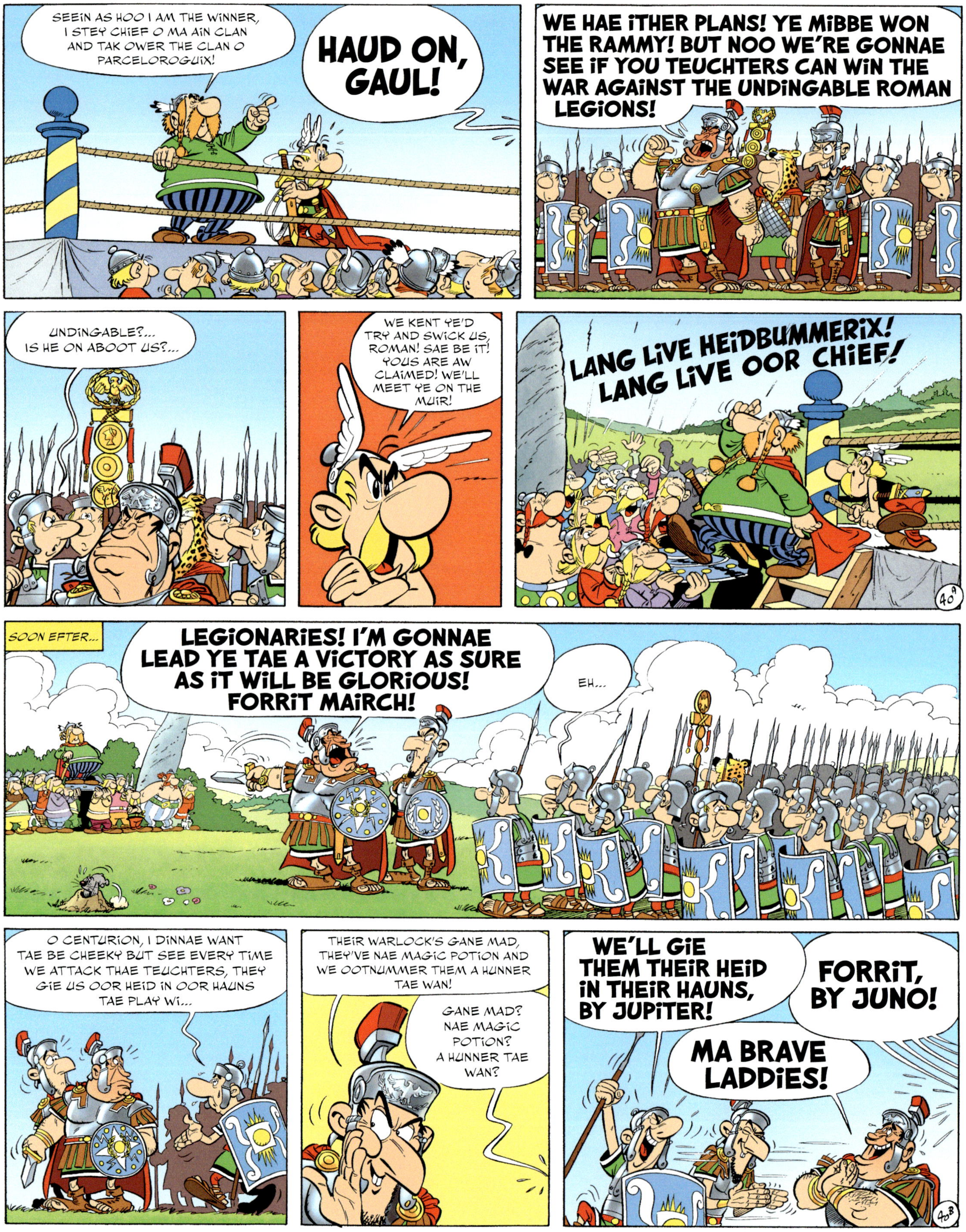
SEEIN AS HOO I AM THE WINNER, I STEY CHIEF O MA AIN CLAN AND TAK OWER THE CLAN O PARCELOROGUIX!
HAUD ON, GAUL!
WE HAE ITHER PLANS! YE MIBBE WON THE RAMMY! BUT NOO WE'RE GONNAE SEE IF YOU TEUCHTERS CAN WIN THE WAR AGAINST THE UNDINGABLE ROMAN LEGIONS!
UNDINGABLE?... IS HE ON ABOOT US?...
WE KENT YE'D TRY AND SWICK US, ROMAN! SAE BE IT! YOUS ARE AW CLAIMED! WE'LL MEET YE ON THE MUIR!
LANG LIVE HEIDBUMMERIX! LANG LIVE OOR CHIEF!
SOON EFTER...
LEGIONARIES! I'M GONNAE LEAD YE TAE A VICTORY AS SURE AS IT WILL BE GLORIOUS! FORRIT MAIRCH!
EH...
O CENTURION, I DINNAE WANT TAE BE CHEEKY BUT SEE EVERY TIME WE ATTACK THAE TEUCHTERS, THEY GIE US OOR HEID IN OOR HAUNS TAE PLAY WI...
THEIR WARLOCK'S GANE MAD, THEY'VE NAE MAGIC POTION AND WE OOTNUMMER THEM A HUNNER TAE WAN!
GANE MAD? NAE MAGIC POTION? A HUNNER TAE WAN?
WE'LL GIE THEM THEIR HEID IN THEIR HAUNS, BY JUPITER!
FORRIT, BY JUNO!
MA BRAVE LADDIES!

DIRECTIT BY THEIR OFFICERS, THE ROMAN LEGION STERTS TAE CAIRRY OOT ITS BRAITH-TAKKIN MANOEUVRE...
FORM A CUNEUS!
41A
MEANWHILE, THE GAULS HING ABOOT, WAITIN...
AW O A SUDDEN...
HAUD ON! YIN O THEM OWER THERE'S LAUGHIN!
!
HE'S NO LAUGHIN!
I'M TELLIN YE. HE'S LAUGHIN!
I'LL SOON FIND OOT IF HE'S LAUGHIN OR NO!
!!!
GOWF!
41B
HAHAHAHA HAHAHAHA!
?!

NOO MA FREENDS, ¡INTAE THEM!
THE TACTICS O THE GAULS ARENAE JIST AS FANTOOSH AS THE ROMAN ANES...
NAE PUSHIN AT THE BACK!
THAE FOWER ON THE RICHT IS MINES!
WHA PIT YOU IN CHAIRGE?
FIRST YE CHAIRGE, THEN YE FECHT!
HOHO! HAHA! HOHO!
THIS IS MAIR LIKE IT!
42A
...BUT THEY ARE GEY EFFECTIVE!
I GIE UP!
WHIT?
HOHO! HAHA! HOHO!
THIS IS FAUR MAIR LIKE IT!
BONG! BONG! BONG!
BANG! BING!
PAFF!
GRRRRRR!
SCLAAFF!
HELP MA BOAB... I'LL JIST TIPTAE QUIETLY OOT O HERE...
I SAID I-GIE-UP!
WHIT?
BONG! BONG! BONG!
DOOF!
DIRECTIT BY THEIR OFFICERS, THE ROMAN LEGION MAKS UP A HAILL NEW MANOEVRE CAWED "SHOOTIN THE CRAW".
YOU'RE GONNAE HEAR MAIR ABOOT THIS, EGGONPUS! YOU AND YER GUID ADVICE!
BING! BANG! BONG!
HAUD ON! THE BATTLE'S OWER!
AWREADY? BUT WE WERE JIST GETTIN STERTED!
AND ON THE BATTLEFIELD, AW GAES WHEESHT...
HOO?
HOO!
42B

IS THAT NO YER MENHIR, OBELIX?
AYE, WHIT YE CREDIT THAT? IT MUST HAE SLIPPIT OOT MA HAUNS DURIN THE BATTLE...
BUT THERE'S SOMEBODY UNNER IT.
?.
IT'S PARCELOROGUIX!
HULLO, NEEBOR?
PARCELOROGUIX, THE LAW GIES ME THE RICHT TAE TAK OWER YOUR HAILL CLAN AND TREAT YOU LIKE A VANQUISHED ENEMY... BUT I'D RAITHER BE GENEROUS.
I'M LOWSIN YE TAE GANG FREE WI YER CLAN! AW I ASK IS YE MIND THAT YE'RE A GAUL AND TAE FORGET AW ABOOT THAE ROMANS. NOO AWA YE GO!
WHAUR AM I GAUN, NEEBS?
LANG LIVE HEIDBUMMERIX!
LANG LIVE GAUL!
LIFE HAS CHYNGED IN THE GALLO-ROMAN CLACHAN O REEKIELUM. ITS INHABITANTS HAE GANE BACK TAE THEIR TRADITIONAL WEYS. THEY LIKE THEIR SCRAN, THEIR BEVVY, A CAIRRY-ON AND A GUID RAMMY...
...AND NOO AND AGAIN GIEIN A ROMAN PATROL A RICHT GUID FLEG.
HING ON THE NOO!
YE SEE? IF YE WANT THE EMPIRE TAE LAST, YE HAE TAE BE READY TAE DRAP AWTHIN AT A MEENIT'S NOTICE.
AS FOR PARCELOROGUIX, HE HAS TURNED INTAE THE MAIST POLEET CHIEF IN AW O GAUL. HE WIS MIBBE THE ORIGINATOR O THAT REPUTATION FOR POLEETNESS THE CELTS WERE KENSPECKLE FOR... WANST UPON A TIME.
AWRICHT, CHIEF?
HULLO, NEEBOR!
GLEGWITTIX, OOR GUID WARLOCK, HAS MAIR OR LESS RECOVERED FAE HIS ENCOUNTER WI THE MENHIR. HE HAS STERTED PRACTISIN AGAIN...
BOTHY
...AND IN ONY EVENT HIS FAME MAIR THAN MAKS UP FOR ONY UNCO SIDE EFFECTS.
BOTHY

IN OOR FREENDS' CLACHAN, THINGS ARE BACK TAE NORMAL...
WE WILL CELEBRATE VICTORY IN THE MUCKLE RAMMY WI A MUCKLE FEAST!
LANG LIVE HEIDBUMMERIX!
MIBBE...?
NAW!
KEN WHIT, ASTERIX? I DOOT THE WARLOCK GLEGWITTIX WIS RICHT...
ABOOT WHIT?
44A
IF I DINNAE CAW CANNY, I'LL BE PITTIN ON THE BEEF. SAE I'M GAUN ON A DIET...
?
I'M JIST GONNAE EAT BISCUITS, WI MIBBE JIST A WEE SOMETHIN ON TAP...
!
A WEE SOMETHIN ON TAP? WHIT WEE SOMETHING?
A HAILL BOAR, BY TOUTATIS!
HAHAHA HAHAHAHAHAHAHAHA!
end O THE ADVENTURE
44B